La promesse de l'aube

FichesdeLecture.com

La promesse de l'aube
(Fiche de lecture)

I. PRÉSENTATION

La Promesse de l'aube est un roman autobiographique de Romain Gary, pseudonyme de Romain Kacew paru en 1960 et adapté au cinéma par Jules Dassin en 1971 et au théâtre. Ce livre a apporté une notoriété internationale à l'auteur. Le titre fait référence à l'engagement que le narrateur a pris envers sa mère : devenir une personne importante. L'aube désigne le jeune âge du narrateur lorsqu'il s'est juré d'être un jour glorieux.

L'auteur suit un ordre relativement chronologique lancé par un flash-back depuis une plage aux allures de fin du monde « Big Sur », alors qu'il se trouve en réalité au Mexique avec sa compagne d'alors, Leslie Blanch. Il nous raconte son enfance et sa jeunesse, depuis ses premières années passées à Vilnius, en Lituanie, après avoir parcouru la Russie avec sa mère, une ancienne actrice juive qui l'élève seule. Après le départ de son père, le jeune Romain s'invente un autre père, Ivan Mosjoukine, l'acteur russe le plus célèbre du cinéma muet. Sa mère alors comédienne au Théâtre Français de Moscou, aurait eu une aventure avec lui dont il serait le fruit. Mais tout cela était faux.

II. RÉSUMÉ

Nous sommes sur une plage de Californie, le narrateur commence à nous raconter son histoire et celle de sa mère. Il fait le récit d'une enfance russe, polonaise, puis française. Sa mère est au centre, c'est une femme extravertie et parfois même exaltée, pleine d'humour, passionnée et flamboyante, idéaliste et exigeante, elle adorait son fils unique auquel elle était complètement dévouée. Elle voulait qu'il devienne un héros de la littérature ou de la politique, sûre de l'avenir prodigieux de son fils elle fait tout pour lui. Il nous parle de la « promesse » qu'il s'est faite de rendre justice à sa mère et nous explique la guerre qu'il a déclarée aux « dieux » qui se sont tant acharnés sur sa mère.

Le premier souvenir qu'il nous raconte est le moment où il a dit au revoir à sa mère avant de partir se battre lors de la Seconde Guerre mondiale. Le récit reprend ensuite dans son enfance. Le rêve de la mère de Romain est qu'il devienne célèbre : il essaie donc toutes sortes d'activités artistiques, peinture, musique et danse, et ne se trouvant du talent dans aucune se tourne vers l'écriture. Romain et sa mère mènent une vie assez paisible, mais Romain tombe malade, ce qui les ruine et les conduit à s'installer à Nice : en effet, la France reste le pays de rêve pour sa mère.

Après des débuts difficiles, la mère de Romain devient gérante de l'hôtel pension Mermonts. Romain se consacre alors à ses études et à l'écriture. Il part à Paris faire une licence de Droit. En 1938 Il devient élève-officier à l'école de l'air de Salon-de-Provence. Alors que sa promotion est refusée, car il est naturalisé de trop fraîche date il invente une histoire pour éviter à sa mère une trop douloureuse déception : il prétend avoir séduit la femme d'un commandant et faire l'objet d'une mesure disciplinaire. Lorsque la guerre éclate, il part comme simple caporal, la laissant très souffrante, devenue diabétique. Durant la guerre, il reçoit des lettres de sa mère qui l'encouragent. Ayant rejoint l'aviation de la France libre, il combat en Grande-Bretagne, en Afrique et termine la guerre avec le rade de capitaine, est fait Compagnon de la Libération et se voit proposer d'entrer dans la diplomatie pour « services exceptionnels ». Quand il revient à Nice il découvre que sa mère est morte depuis 3 ans, elle avait chargé une amie de lui transmettre au fur et à mesure des centaines de lettres écrites avant de mourir.

III. ANALYSE DES PERSONNAGES

La mère de Romain Gary, elle est à la fois son éducatrice et son initiatrice, grande lectrice, elle connaissait tous les auteurs importants. Elle a exercé plusieurs métiers, elle a notamment été actrice, modiste en Pologne, coutière en bijoux puis gérante de l'hôtel Mermont à Nice.

Elle lui porte un amour exclusif au sens où la mère du narrateur lui consacre toute son affection. C'est le centre de son monde, toute sa vie. L'auteur nous dresse le portrait d'une mère très présente, généreuse, excessive, qui projette sur lui des rêves d'avenir, ayant une telle foi en lui qu'elle était persuadée qu'il ne pouvait être un homme banal, voulant qu'il ait une réussite totale.

Alors qu'il était encore tout petit, elle avait décidé qu'il deviendrait célèbre. Qu'il deviendrait un héros de la littérature ou de la politique, qu'il fût président de la République, artiste célèbre, amant remarquable ou penseur définitif, peu importait à cette femme volontaire et brillante, pourvu qu'il soit connu et reconnu pour le génie qu'elle devinait en lui. Et, pour créer ce grand homme dont elle rêvait, elle se sentait disposée à tous les sacrifices.

Il lui a alors fait cette « promesse de l'aube », d'être l'homme qu'elle espérait : héroïque, généreux et triomphant. Il est littéralement né de son regard amoureux.

Le narrateur nous raconte son enfance russe, polonaise, puis française. Le narrateur sait peu de choses sur son père, car sa mère s'obstine à occulter ce sujet. Comme sa mère le prédestine à un avenir brillant, l'écrivain se remémore ses essais en danse, qui tournèrent court, puis ses tentatives de dessins, que sa mère a arrêtées au plus vite, car elle avait trop peur que son fils devienne un peintre déchu.

Romain n'est pas vraiment bon en classe, à part dans les matières littéraires. En mathématiques alors qu'il semble écouter, il est en fait en train de rêver. À 13 ans et demi Mariette, une femme de ménage amoureuse de Romain l'initie à l'amour, mais sa mère les surprend, elle s'enfuit pour ne jamais revenir.

À 14 ans, Romain sa mère défend en claquant ceux qui sont contre elle, que cela soit justifié ou non. Il le faisait par amour pour sa mère et pour ce qu'il s'était promis. Sa mère ne cessait de dire à qui voulait l'entendre que : « Mon fils sera ambassadeur de France ». Le jeune homme parfois honteux le cachait à sa mère et restait face à ceux qui le regardaient. Il tente de mettre fin à ses jours en se réfugiant dans une sorte de cabane de bois qui se trouve dans la cour de Wilno et en essayant de faire tomber les bûches. Il fut sauvé par un petit chat. Son premier amour fut Valentine. Il devait avaler toutes les choses qu'elle lui donnait pour pouvoir la satisfaire. Il finit même par manger sa chaussure en caoutchouc.

Dans ce roman, l'auteur nous expose ses raisons d'écrire, il voulait tout d'abord se faire une place dans la société : « échapper à l'intolérance ». Il souhaitait aussi réaliser ses rêves de jeunesse, celui de sa mère. Il aurait écrit cette autobiographie pour rendre hommage à sa mère et lui prouver qu'il a réalisé sa promesse. Romain Gary nous communique par ailleurs son enthousiasme débordant pour la vie. Étonnant pour un homme qui s'est suicidé peu après l'édition définitive de ce livre.

IV. AXES D'ANALYSE

L'hommage à sa mère

« Avec l'amour maternel, la vie vous fait à l'aube une promesse qu'elle ne tient jamais. On est obligé ensuite de manger froid jusqu'à la fin de ses jours. Après cela, chaque fois qu'une femme vous prend dans ses bras et vous serre sur son cœur, ce ne sont que des condoléances. On revient toujours gueuler sur la tombe de sa mère comme un chien abandonné. Jamais plus, jamais plus, jamais plus. Des bras adorables se referment autour de votre cou et des lèvres très douces vous parlent d'amour, mais vous êtes au courant. Vous êtes passé à la source très tôt et vous avez tout bu. Lorsque la soif vous reprend, vous avez beau vous jeter de tous côtés, il n'y a plus de puits, il n'y a que des mirages. Vous avez fait, dès la première lueur de l'aube, une étude très serrée de l'amour et vous avez sur vous de la documentation. Je ne dis pas qu'il faille empêcher les mères d'aimer leurs petits. Je dis simplement qu'il vaut mieux que les mères aient encore quelqu'un d'autre à aimer. Si ma mère avait eu un amant, je n'aurais pas passé ma vie à mourir de soif auprès de chaque fontaine. Malheureusement pour moi, je me connais en vrais diamants ».

Cette citation illustre ce que signifie cette double promesse : c'est celle que la vie a faite à Romain en lui offrant dès son plus jeune âge un amour passionné et inconditionnel, malheureusement il ne rencontrera jamais plus une femme capable d'un tel amour. C'est également la promesse du fils à la mère : il promet de combler ses attentes, de devenir écrivain et célèbre. Il se consacre à la réalisation de cette promesse en devenant consul de France et écrivain célèbre.

La promesse de l'aube est donc un roman sur l'amour maternel. Le récit se veut autobiographique, bien que certains passages tiennent plus de la fiction que du vécu. Tout au long du roman l'auteur nous confie la relation puissante et complexe qui le lie avec sa mère. En quelque sorte il éternise sa mère pour laquelle il avait une grande affection.

Il dit d'ailleurs de ce livre : « C'est notre livre ». Pour lui, « Aimer sa mère, c'était l'inventer ». Cette femme est la mère folle, la mère grandiose, la mère sublime, la mère aimante et envahissante. Elle a été la femme la plus importante de sa vie, elle ne le castre pas au contraire elle est un catalyseur. Elle lui a transmis la quête incessante d'un dépassement de soi. Elle fut la source de sa créativité, de ce qu'il est devenu.

À travers ce livre, il a également rendu un hommage à toutes les mères. Il s'y est montré attaché à des valeurs féminines : ouverture, détermination, tendresse, car, au centre de l'œuvre, s'expriment une protestation contre toute forme d'injustice et un plaidoyer pour la dignité humaine.

Le caractère autobiographique

Gary se met à nu devant le lecteur, il dévoile plusieurs de ses secrets ainsi que ceux de sa mère. Il se confesse, nous explique d'où, de qui lui est venu son envie d'écrire, on comprend mieux l'univers de l'écrivain.

Il est tantôt touchant en racontant de façon honnête ce que signifie le manque : « Il ne nous restait que très peu d'argent et l'idée de ce qui allait arriver lorsqu'il n'en resterait plus du tout me rendait malade d'angoisse. La nuit venue, nous faisions l'un et l'autre semblant de dormir, mais je voyais pendant longtemps la pointe rouge de sa cigarette bouger dans le noir. Je la suivais du regard avec un désespoir affreux, aussi impuissant qu'un scarabée renversé ».

Puis il nous fait sourire lorsqu'il raconte ses tentatives de séduction : « Je restai là, les yeux levés vers le soleil, jusqu'à ce que mon visage ruisselât de larmes, mais la cruelle (...) continua de jouer avec sa balle, sans paraître le moins du monde intéressée ».

Il nous fait également part de son expérience de la guerre : « (...) j'avais été élevé par une femme et entouré de tendresse féminine, je n'étais donc pas capable de haine soutenue, et il me manquait donc l'essentiel pour comprendre Hitler ».

Dans la même collection en numérique

Escadrille 80

Inconnu à cette adresse

La controverse de Valladolid

Les Vilains petits canards

Une partie de campagne

Cahier d'un retour au pays natal

Dora Bruder

L'Enfant et la rivière

Moderato Cantabile

Alice au pays des merveilles

Le faucon déniché

Une vie

Chronique des Indiens Guayaki

Je voudrais que quelqu'un m'attende quelque part

La nuit de Valognes

Œdipe

Disparition Programmée

Education européenne

L'auberge rouge

L'Illiade

Le voyage de Monsieur Perrichon

Lucrèce Borgia

Paul et Virginie

Ursule Mirouët

Discours sur les fondements de l'inégalité

L'adversaire

La petite Fadette

La prochaine fois

Le blé en herbe

Le Mystère de la Chambre Jaune

Les Hauts des Hurlevent

Les perses

Mondo et autres histoires

Vingt mille lieues sous les mers

99 francs

Arria Marcella

Chante Luna

Emile, ou de l'éducation

Histoires extraordinaires

L'homme invisible

La bibliothécaire

La cicatrice

La croix des pauvres

La fille du capitaine

Le Crime de l'Orient-Express

Le Faucon malté

Le hussard sur le toit

Le Livre dont vous êtes la victime

Les cinq écus de Bretagne

No pasarán, le jeu

Quand j'avais cinq ans je m'ai tué

Si tu veux être mon amie

Tristan et Iseult

Une bouteille dans la mer de Gaza

Cent ans de solitude

Contes à l'envers

Contes et nouvelles en vers

Dalva

Jean de Florette

L'homme qui voulait être heureux

L'île mystérieuse

La Dame aux camélias

La petite sirène

La planète des singes

La Religieuse

1984 A l'Ouest rien de nouveau

Aliocha

Andromaque

Au bonheur des dames

Bel ami

Bérénice

Caligula

Cannibale

Carmen

Chronique d'une mort annoncée
Contes des frères Grimm
Cyrano de Bergerac
Des souris et des hommes
Deux ans de vacances
Dom Juan
Electre
En attendant Godot
Enfance
Eugénie Grandet
Fahrenheit 451
Fin de partie
Frankenstein
Gargantua
Germinal
Hamlet
Horace
Huis Clos
Jacques le fataliste
Jane Eyre
Knock
L'homme qui rit
La Bête humaine
La Cantatrice Chauve
La chartreuse de Parme
La cousine Bette
La Curée
La Farce de Maitre Pathelin
La ferme des animaux
La guerre de Troie n'aura pas lieu
La leçon
La Machine Infernale
La métamorphose
La mort du roi Tsongor
La nuit des temps
La nuit du renard
La Parure

La peau de chagrin
La Petite Fille de Monsieur Linh
La Photo qui tue
La Plage d'Ostende
La princesse de Clèves
La promesse de l'aube
La Vénus d'Ille
La vie devant soi
L'alchimiste
L'Amant
L'Ami retrouvé
L'appel de la forêt
L'assassin habite au 21
L'assommoir
L'attentat
L'attrape-coeurs
Le Bal
Le Barbier de Séville
Le Bourgeois Gentilhomme
Le Capitaine Fracasse
Le chat noir
Le chien des Baskerville
Le Cid
Le Colonel Chabert
Le Comte de Monte-Cristo
Le dernier jour d'un condamné
Le diable au corps
Le Grand Meaulnes
Le Grand Troupeau
Le Horla
Le jeu de l'amour et du hasard
Le Joueur d'échecs
Le Lion
Le liseur
Le malade imaginaire
Le Mariage de Figaro
Le meilleur des mondes

Le Monde comme il va

Le Parfum

Le Passeur

Le Petit Prince

Le pianiste

Le Prince

Le Roman de la momie

Le Roman de Renart

Le Rouge et le Noir

Le Soleil des Scortas

Le Tartuffe

Le vieux qui lisait des romans d'amour

L'Ecole des Femmes

L'Ecume Des Jours

Les Bonnes

Les Caprices de Marianne

Les cerfs-volants de Kaboul

Les contes de la Bécasse

Les dix petits nègres

Les femmes savantes

Les fourberies de Scapin

Les Justes

Les Lettres Persanes

Les liaisons dangereuses

Les Métamorphoses

Les Mouches

Les Trois mousquetaires

L'étrange cas du Dr Jekyll et de Mr Hyde

L'Ile Au Trésor

L'île des esclaves

L'illusion comique

L'Ingénu

L'Odyssée

L'Ombre du vent

Lorenzaccio

Madame Bovary

Manon Lescaut

Micromégas

Mon ami Frédéric

Mon bel oranger

Nana

Ne tirez pas sur l'oiseau moqueur

Notre-Dame de Paris

Oliver twist

On ne badine pas avec l'amour

Oscar et la dame rose

Pantagruel

Le Misanthrope

Perceval ou le conte du Graal

Phèdre

Ravage

Roméo et Juliette

Ruy Blas

Sa Majesté des Mouches

Si c'est un homme

Stupeur et tremblements

Supplément au voyage de Bougainville

Tanguy

Thérèse Desqueyroux

Thérèse Raquin

Ubu Roi

Un Barrage contre le Pacifique

Un long dimanche de fiançailles

Un secret

Vendredi ou la vie sauvage

Vipère au poing

Voyage au bout de la nuit

Voyage au centre de la terre

Yvain ou le Chevalier au lion

Zadig

À propos de la collection

La série FichesdeLecture.com offre des contenus éducatifs aux étudiants et aux professeurs tels que : des résumés, des analyses littéraires, des questionnaires et des commentaires sur la littérature moderne et classique. Nos documents sont prévus comme des compléments à la lecture des oeuvres originales et aide les étudiants à comprendre la littérature.

Fondé en 2001, notre site FichesdeLectures.com s'est développé très rapidement et propose désormais plus de 2500 documents directement téléchargeables en ligne, devenant ainsi le premier site d'analyses littéraires en ligne de langue française.

FichesdeLecture est partenaire du Ministère de l'Education du Luxembourg depuis 2009.

Plus d'informations sur www.fichesdelecture.com

ISBN: 978-2-511-02809-4

Notes :